A St Jean
hommage
A Mounier

GHISLAINE

DU MÊME AUTEUR

Pour paraître prochainement :

JÉSUS A JÉRUSALEM

Drame en 4 actes et en prose.

SAINT-DENIS. — IMPRIMERIE H. BOUILLANT, 20, RUE DE PARIS

ALEXANDRE MEUNIER

GHISLAINE

PARIS
LIBRAIRIE LÉON VANIER, ÉDITEUR
QUAI SAINT-MICHEL, 19

1897

A MON MAÎTRE

CATULLE MENDÈS

EN HOMMAGE

ALEXANDRE MEUNIER

GHISLAINE

DRAME EN TROIS ACTES

PERSONNAGES:

JEAN DE NOIRMONT.
BERTRAND DE VARLES.
GODEFROY LE HARDY.
THIBAUT LE FOL.
DAMON.
CYRANO.
JACQUES DE FRESNES.
GEORGES LE HUTIN.
PIERRE.
TRISTAN.
THIBERCE.
SYLVESTRE.
Un soldat.

GHISLAINE.
LA NOURRICE.
MARGUERITE LA HUCHETTE.
Deux ribaudes.

Soldats.

L'action se passe en 1429.
Le premier acte au château de Noirmont, en Auvergne.
Le deuxième et le troisième acte devant les murs de Troyes.

ACTE PREMIER

ACTE PREMIER

Le château de Noirmont en Auvergne.

Une vaste salle tendue de tapisseries de haute lice. Une grande table en occupe le centre. A droite, au fond, un bahut de chêne sculpté. De l'autre côté, lui faisant face, une crédence chargée de plats et d'aiguières disposés en harmonie. Du même côté, une baie vitrée de carreaux blancs avec un encadrement de verres de couleurs. Entre cette fenêtre et la table, une grande stalle gothique avec un dais. C'est dans cette stalle que Ghislaine est assise au lever du rideau, parmi des coussins et les plis de sa longue robe d'étoffe souple. Au fond, et au milieu, une grande porte. A droite, au premier plan, une porte plus petite.

SCÈNE PREMIÈRE

GHISLAINE, PUIS LA NOURRICE

Au lever du rideau, Ghislaine récite, assise dans une grande chaire de bois sculpté, en psalmodiant, tout en s'accompagnant de la mandole.

GHISLAINE

Quand reviendras-tu
Des pays lointains
A mon âme,
O mon bien aimé?
Je suis solitaire
Et je pleure seule,
O mon bien aimé!...
Quand reviendras-tu?...

(La nourrice entre lentement et s'avance vers Ghislaine).

GHISLAINE

Ne reviens jamais!
Ah! pour Dieu, mon âme!
Oh! ne reviens point;
Il est trop cruel
Le supplice qui veut
Que j'aime d'amour
Celui qu'il faudrait
Aimer de respect!...
Ne reviens jamais!...

(Elle laisse tomber sa mandole et pleure).

LA NOURRICE

Madame, chère madame, pourquoi pleurer ainsi; pourquoi? D'ordinaire, on ne pleure pas un père ainsi.

GHISLAINE, relevant la tête.

Tu as raison, nourrice, il ne faut pas pleurer un père comme un amant.

LA NOURRICE

Oh! damoiselle, il ne faut point pleurer ainsi, Dieu pourrait vous maudire!

GHISLAINE

Tu as raison, nourrice, il ne faut pas pleurer un père comme un amant. Et, pourtant, te souviens-tu comme je l'aimais! Je t'aime bien aussi, nourrice, mais je ne t'aimerai jamais comme lui. Te souviens-tu quand j'étais toute petite et qu'il me prenait sur ses genoux pour me caresser, comme je me frôlais doucement à ses longues moustaches? J'éprouvais par tout le corps un frisson tendre et je serais restée éternellement pelotonnée contre sa large poitrine. Mais il était bientôt las et me déposait vite à terre toute frissonnante. Te souviens-tu comme j'aimais les caresser, ses moustaches, et comme j'aimais les effleurer de mes lèvres!... Je sais bien que ce qu'on doit aimer chez un père ce n'est point ses moustaches, mais son cœur. Moi, j'aime son cœur et ses moustaches aussi. Que veux-tu, je n'y peux rien!

LA NOURRICE

Vous êtes une petite folle, ma chère Ghislaine! Mais, j'aime mieux vous voir ainsi plaisanter et rire que pleurer et vous lamenter...

GHISLAINE

Et, aussi, quand j'eus seize ans, et qu'il me permit de l'accompagner à la chasse, les chevauchées sous bois, les curées sanglantes, comme je regrette tout cela! J'étais un vrai compagnon pour lui. Mon cheval suivait le sien aveuglément. Il l'aurait suivi partout; jusqu'en enfer, je crois; ah! je ris, oui, ou dans quelque précipice affreux. Après tout, cela aurait mieux valu!...

LA NOURRICE

Vous n'étiez point si fière le jour où on vous a ramenée évanouie.

GHISLAINE

Oui, son cheval avait pris peur et s'était cabré. Je le vis tomber. Ah! mon cœur bat encore en y pensant! Je voulus sauter à son secours, mais, de le voir ainsi traîné dans le galop de ce cheval, j'eus peur, oh ! tellement peur, non pour moi, pour lui, que je ne pus faire un pas, un seul, et je tombai à mon tour... Depuis, il m'a toujours laissée au château.

LA NOURRICE

Il fit bien, madame.

GHISLAINE

Tais-toi !

LA NOURRICE

Il eut grandement raison.

GHISLAINE

Il eut tort, car c'est de ce jour-là que naquit ma souffrance... Et quand il est parti, tous ces chevaux piaffant dans la cour, ces bruits de trompettes et ces bruits de voix, comme tout cela me serrait le cœur !... Et quand il vint dans ma chambre me baiser au front... Oh ! nourrice, pourquoi est-ce que je te dis tout cela, puisque tu ne comprends pas !... Il s'en est allé au milieu des hommes d'armes, des massues, des épées, des lances. Il me semblait que celles-ci se penchaient vers lui, menaçantes. Moi aussi, je me penchais, au point d'en tomber, au haut de la tour... Puis, je ne vis plus rien, même plus un atome de poussière. Il me sembla que quelque chose était mort en moi, qu'il me manquait quelque chose... je ne sais quoi... Oh ! nourrice, nourrice, pourquoi te dis-je tout cela puisque tu ne comprends pas !...

LA NOURRICE, à part.

Pauvre fille ! (Haut). Mais si nous reprenions le travail de notre tapisserie, celle qui représente la victoire d'Énéas ?... Tout en travaillant je vous dirais un conte, un joli conte de nourrice, comme quand vous étiez toute petite.

GHISLAINE

Oui, Énée le héros !... Oui, les vieux contes de chevalerie !... Pourquoi, nourrice, m'as-tu bercée avec des histoires de batailles ? Tu m'as fait aimer le courage, la vaillance, les tournois. Et maintenant, je languis dans ce grand château triste. Pourquoi m'as-tu bercée avec ces folles histoires ? Il fallait me bercer avec de doux contes où tout n'est que fleurs et que musiques, où de blanches princesses se promènent dans des rayons de lune avec des princes jolis comme des femmes et non point beaux comme des héros... Pourquoi ?...

LA NOURRICE

C'est que, madame, je suis la veuve d'un homme d'armes ; c'est que, moi aussi, madame, j'ai frémi au contact d'un visage mâle, d'une moustache hérissée, c'est que, moi aussi, loin des batailles, j'ai pleuré et j'ai craint, et j'ai prié. Mais c'était mon mari, madame, cet homme que j'aimais...

GHISLAINE

Pourquoi ne suis-je pas mariée?

LA NOURRICE

Oh! madame, ne vous souvenez-vous point du vicomte d'Hys qui demanda votre main il y a un an à peine, et, plus loin encore, le charmant marquis de Meaux!...

GHISLAINE

Tais-toi!

LA NOURRICE

Hé! pourquoi me tairais-je? Vous refusez tous les partis, et vous vous plaignez de n'être point mariée.

GHISLAINE

Je ne me plains pas. C'est toi qui me plains.

LA NOURRICE

De tout mon cœur!

(Tout en parlant elle a ouvert un bahut et sorti une grande tapisserie qu'elle déroule sur la table).

Tenéz, voici la tapisserie! Voyez-vous la reine

Didon à gauche à laquelle il manque le nèz ! Si vous voulez, nous allons commencer par là. A moins que vous ne préfériez Énéas.

GHISLAINE

Les laines se brouillent devant mes yeux. Je n'y vois point. Laissons cela à demain, nourrice, veux-tu ? A demain !

LA NOURRICE

Comme vous voudrez !

(Elle serre la tapisserie).

C'est égal, vous devriez vous divertir un peu, et ne point vous laisser aller ainsi.

GHISLAINE

Me divertir ! Oh ! nourrice, peux-tu me conseiller cela ! Quand mon père est peut-être blessé à mort ou le sera demain ; quand il risque sa vie, quand il est en péril, me divertir ! Ah ! tu es folle nourrice, tu es folle !

(Elle la bat).

Va-t'en, chienne maudite ! Va-t'en, je ne veux plus te voir !... Me divertir ! Il me semble qu'elle a dit : me divertir !...

(L'imitant).

Vous devriez vous divertir et ne point vous laisser aller ainsi !...

(Elle la frappe de nouveau).

Tiens! voilà comment je me divertis, moi, de la belle façon!...

LA NOURRICE

Au secours!

(Des valets entrent. A leur vue Ghislaine cesse de frapper, et la nourrice de crier).

SCÈNE II

LES MÊMES, THIBERCE, TRISTAN, PIERRE

TRISTAN

Madame, il est là des hommes qui viennent de loin et qui demandent l'hospitalité.

GHISLAINE

Des étrangers ici, par ces temps de guerre, quels peuvent-ils être?

PIERRE

Nous ne savons pas, madame. Il se peut que ce soit des soldats, car ils sont armés de pied en cap.

THIBERCE

En effet, même il y en a un avec un armet cornu comme le diable.

GHISLAINE

Si ce sont des soldats, qu'ils entrent.

TRISTAN

Non, madame, ce ne sont pas des soldats. Celui que j'ai vu, moi, avait un luth attaché à sa ceinture.

LA NOURRICE.

Alors ce sont des chanteurs. Il en venait beaucoup ici, jadis. Ah! j'étais très jeune, alors. C'était très gai et très touchant à la fois; ils chantaient des chansons si gaies et si tristes. Mais il y a longtemps de cela, bien longtemps! Maintenant il ne vient plus de chanteurs. Il ne vient plus que des gens qui pleurent, non point à cause de belles histoires inventées, mais à cause de très cruelles réalités. Si ce sont des chanteurs, madame, faites-les venir.

GHISLAINE

Qui que ce soit, je veux les voir. Peut-être apportent-ils des nouvelles!... Mais oui, ils apportent des nouvelles!... Certainement, ils apportent des nouvelles!... O Pierre, ô Thiberce, ô Tristan, allez, allez, dites-leur de venir!

(Pierre, Thiberce, Tristan, sortent).

SCÈNE III

GHISLAINE, LA NOURRICE

GHISLAINE

Toi, nourrice, charmante nourrice, chère petite nourrice, prépare le repas. Tu voulais que je me divertisse! Eh bien, je vais me divertir. Voilà des trouvères qui viennent à point. Ils vont me chanter de douces chansons... (A part) Et peut-être, me donner des nouvelles terribles!

(Elle sort par la droite).

SCÈNE IV

LA NOURRICE, PUIS TRISTAN, THIBERCE, SYLVESTRE

LA NOURRICE

Se peut-il que madame soit à ce point chagrinée! C'était une si charmante fille jadis!

(Tristan, Thiberce, Sylvestre entrent et préparent la table).

Oui, Thiberce, elle m'a battue, tout à l'heure!

Oui, Tristan! Mais cela ne fait rien, j'y suis habituée, je lui pardonne! Toute petite, elle me donnait des coups de poing.

(Les valets prennent des plats et des aiguières sur la crédence et les posent sur la table. La nourrice cause tout en travaillant).

TRISTAN

Il faut préparer la table!

LA NOURRICE

Oui, oui, préparons la table! C'est presque un garçon que madame; un grand garçon enjuponné. Ah! ces galops furibonds dans le bois, à sa seizième année!...

TRISTAN

Apporte les aiguières, Thiberce!

LA NOURRICE

Oui, apportez les aiguières!... Notre digne seigneur fut veuf de si bonne heure. Ah! ah! vous souvenez-vous pas?... Non, toi Tristan, tu n'étais pas né encore. Mais le vieux Guillaumet vous le dirait comme moi. Un jour une égyptienne, une horrible sorcière, osa demander asile; croyez-vous? ces démons ont toutes les audaces!... Monsieur le comte la fit poursuivre par ses chiens. Mais, le soir, elle revint sous le donjon et cria, par trois fois : — on la voyait, sous la lune, noire et blanche. — « Tu tueras ta femme et ta progéniture !... » Trois fois elle répéta cela, ce qui fit beaucoup rire monsieur le comte... Jamais on ne la revit.

THIBERCE

Cours au cellier, Tristan ! Sylvestre, aux cuisines !...

LA NOURRICE

Et, pourtant, c'est affreux — écoutez, vous irez au cellier après — notre dame est morte en couches, mes enfants, oui, et, ainsi, la prédiction de l'égyptienne s'est réalisée une première fois !

SCÈNE V

LA NOURRICE, PIERRE, DAMON, CYRANO, GODEFROY LE HARDY, THIBAUT LE FOL

PIERRE

Entrez ici ! Notre dame a résolu de vous faire dîner à sa table.

DAMON

Où sommes-nous, ici ?

PIERRE

Vous êtes chez le puissant comte de Noirmont.

Tous les bois et tout le pays à trois lieues à la ronde sont sous sa domination. Il est le chef du fief. Nous sommes ses vassaux. Il est le maître. Nous sommes ses esclaves. Cependant, il est parti guerroyer contre les Anglais; et sa fille, Ghislaine, seule, va vous recevoir; car il est veuf depuis vingt ans.

LE FOL

Est-il possible!

LE HARDY

Pauvre seigneur!

CYRANO

Gloire et honneur à la maîtresse de céans!

LE HARDY

Il nous tarde de la voir.

LE FOL

Et de manger!

DAMON, à Le Fol.

Quelle chanson, ami, vas-tu chanter à la dame de céans?

LE HARDY

Sera-ce celle de Roland?

LE FOL

Ce sera celle de son bon plaisir.

(Ghislaine entre, parée, par la porte de droite).

SCÈNE VI

LES MÊMES, GHISLAINE

LE HARDY, LE FOL, DAMON, CYRANO

Gloire et honneur à la dame de céans !

GHISLAINE

Messieurs, qui que vous soyez, trouvères ou soldats, soyez les bienvenus ! Vous ne sauriez croire combien votre vue me réconforte l'âme... Sachez que depuis de longs mois je suis seule, absolument seule, dans ce grand château, clos de murs, ceint d'un fossé croupissant. La seule musique que j'entende c'est mon luth qui frémit tout le jour sous mes doigts énervés ; c'est le cri des crapauds, strident, argentin et sinistre, qui chantent toute la nuit. Parfois, leur coassement pareil au croassement des corbeaux semble un cri de mort. Parfois, leurs sifflements semblent une ironie à ma détresse. Exilée au milieu de tapisseries qui sont autant de spectres, souvent je m'attarde à la fenêtre pour échapper à leur hantise. Du plus loin que mes yeux regardent, ils n'aperçoivent que de longues plaines nues et des bois immobiles depuis des siècles. Rarement l'ombre d'un paysan surgit comme une tache au milieu de ce pâle horizon. Mais jamais un bruit, sinon la cognée d'un bûcheron, au loin, dont le coup résonne à l'unisson avec les battements de mon cœur. Las! ce château est une prison pour moi, depuis que le maître n'y est plus!... Soyez les bienvenus, messieurs! Mais vous ne ferez point grande chère. Tout comme moi vous subirez l'emprise du malheur! Notre pays fut tant de fois dévasté par la guerre civile; tant de sang a coulé; et celui qui reste est si pâle!... Ah! vous êtes des hommes, vous, et vous pouvez essayer de vous défendre!... L'ennemi s'approche, je le sens, peu à peu! Aurons-nous la force et le courage de lui résister! Les paysans pleurent, ils n'ont plus de pain; les paysans prient! Ils entrevoient comme une délivrance de tous leurs maux, la France unie et libre. Mais je crains bien que tout cela ne soit une chimère. Comme eux je ressens l'accablement de la détresse. Et j'ai bien peur de mourir sans avoir vu cela, et sans même avoir revu celui qui était ma seule joie en ce monde.

LE HARDY

Ah ! si nous étions des trouvères, comme vous l'avez cru, madame, nous saurions chanter, pour vous, de tels récits que votre âme se calmerait, sans doute, à les entendre. Sur les ailes du rêve et de la poésie vous pourriez vous envoler auprès des chevaliers combattant pour la bonne cause. Mais nous ne sommes que des soldats. Ceux d'entre nous qui sont restés dans les salles basses étaient hier encore des paysans. Nous quatre sommes fils de nobles. Mais il n'y a plus de nobles, il n'y a plus de paysans, il n'y a plus de serfs; il n'y a plus que des hommes qui veulent vivre ! Nous allons au combat, madame, car comme vous nous croyons que c'est le seul remède. Allez ! si le sang coule, ceci est souvent nécessaire. La France se relèvera plus belle de toutes ces épreuves.

CYRANO.

Nos épées blémissaient au vent de vagues tournois, et des guerres intestines nous décimaient...

LE FOL.

... Mais il n'est plus de poètes, il n'est plus que des fous. A côté de mon épée, j'ai attaché mon luth. Je suis Thibaut Le Fol. Tout le long de la route, je chante. Et je me souviens des vieilles chansons de jadis que j'appris de mon père, lequel les avait apprises du sien. Et après avoir chanté les hauts faits des chevaliers d'antan, je chante des cantiques en l'honneur de Notre Dame Marie. Et je chante aussi l'amour de ma belle que j'ai laissée là-bas. Mes compagnons m'ont surnommé Le Fol, mais ils se garderaient bien de me faire taire. Ce ne serait pas vivre que vivre sans courage, sans foi, sans amour... et sans poète.

DAMON.

Tu as raison, poète, et nous te savons gré de rester aussi jeune, quand déjà nous sommes si vieux.

LE HARDY.

Mais trêve de tristesse! Il faut, pour faire honneur à notre hôtesse, des visages souriants et des voix douces. La fleur la plus belle s'étiole sous la bise âpre du chagrin. Nous voulons, pour ce soir, apporter la gaieté, céans. Pour ce soir, seulement, hélas! puisque nous reprendrons notre route dès le jour.

(Les valets ont placé la chaire derrière la table, au milieu. Ghislaine y prend place avec Le Hardy à sa droite et

Le Fol à sa gauche; Damon et Cyrano sont assis l'un à droite, l'autre à gauche de la table. La nourrice reste debout. Les valets vont et viennent autour de la table).

GHISLAINE.

Asseyez-vous, messieurs, et mangez. Imaginez-vous, pour l'instant, que tout le château est à vous. Que ceux qui ont froid se chauffent dans l'âtre ! Que ceux qui ont faim mangent ! Que ceux qui ont soif boivent ! Quant à moi, je n'ai pas faim, je n'ai pas froid, je n'ai pas soif, tout me manque, je manque de tout.

LE HARDY.

Mais, qu'avez-vous, noble dame ? Oh ! si belle, devez-vous avoir les yeux pleins de larmes !...

LA NOURRICE.

Messieurs, c'est ainsi depuis le départ de notre seigneur pour la guerre. Si madame vous a fait venir, c'était pour avoir des nouvelles de la guerre.

CYRANO.

Hélas, madame, nous venons de Grenoble et nous nous dirigeons vers l'armée.

GHISLAINE.

Alors, vous ne savez rien ?

LE HARDY.

Nous savons qu'une humble bergère, une

valeureuse fille, sous des habits d'homme, a entraîné le peuple et les soldats.

LE FOL.

Les saints et les anges parlent par sa bouche. Elle marche aveuglément, conduite par sa destinée, comme en extase. Elle a déjà gagné des batailles, elle en gagnera encore. Tout le peuple, en la voyant, se sent vivre d'une vie intense et nouvelle, les épées se lèvent, les forts comme les faibles courent aux armes. C'est un miracle.

DAMON.

C'est un miracle. Et la France redevient elle-même: grande et belle; elle repousse l'envahisseur. Nous avons été trahis par une femme, et nous serons sauvés par une femme. Isabeau a livré la France à l'étranger. Jeanne d'Arc vient, au nom de Dieu, délivrer le royaume. Ainsi Ève a perdu l'humanité et Notre Dame la Vierge l'a reconquise. Notre roi Charles va enfin se faire sacrer dans la ville de Rheims.

LE HARDY.

Nous savons bien des choses qui sont très belles. Nos cœurs sont pleins d'espérance et de joie...

LE FOL.

... Mais nous ne savons rien du comte de Noirmont.

GHISLAINE, après un silence, et pensive.

Une fille, sous des habits d'homme....

LA NOURRICE.

Madame, madame, ne faites pas cela, je vous en prie ! Restez, restez avec votre nourrice qui vous aime ! Oh ! ne courez point ce danger !... Madame !...

GHISLAINE.

Faites sortir cette femme !

(Les valets entraînent la nourrice. Ghislaine et les convives se lèvent et viennent sur le devant de la scène).

SCÈNE VII

GHISLAINE, DAMON, CYRANO, LE FOL, LE HARDY

GHISLAINE.

Une fille sous des habits d'homme !. . Savez-vous, messieurs, que cette femme a deviné juste ? Ah ! ce n'est pas pour rien qu'elle m'a nourri de son lait ! Ce lait nous a unies l'une à l'autre, allez, et, toute étrangère qu'elle est, elle reste ma parente. Une femme courrait sans doute de grands dangers, à suivre votre expédition. Oh ! je ne doute point de votre honneur ! Je pense que vous sauriez respecter et faire respecter une femme telle que moi. Mais un plus sûr garant de votre honnêteté serait, certes, un vêtement masculin. Aussi, si vous le voulez, je vais mettre des habits à ma taille, et, puisqu'une bergère troqua ses vêtements contre ceux d'un guerrier et me montra ainsi l'exemple, ma décision est prise. Demain, dès l'aurore, nous partirons.

LE HARDY.

Se peut-il que votre amour des combats ?...

GHISLAINE.

Il ne s'agit point de combattre, il s'agit de feindre et de s'introduire au plus tôt dans le camp français. Il faut que je le revoie. Je ne veux pas mourir sans l'avoir revu, fût-ce de loin.

LE HARDY.

Mais, vous ne savez donc point toutes les souffrances qui vous attendent sur la route ! Vous allez traverser des provinces décimées par la famine. La fatigue de votre corps atteindra vite votre âme, et vous regretterez bientôt votre décision trop prompte. Non, non, madame, croyez-moi, restez ici ! Ce ne sont point besognes de femme que celles-là ! Madame !...

GHISLAINE.

Non, non, laissez-moi ! Point de vaines paroles. Je veux ! Je veux ! Je suis poussée par une force irrésistible, au-dessus de ma volonté et de mes sens. Laissez-moi accomplir ma destinée. Il le faut. Oh ! la guerre, cette horrible chose !... Pourquoi, mon Dieu, les hommes ne peuvent-ils vivre en frères, en paix et en joie ?... (A Le Fol). Dites-moi, vous qui chantez, chantez-vous la guerre ?

LE FOL.

Nous chantons la guerre parce que c'est un noble geste, nous chantons la ruée des chevaux et des hommes et les carnages tragiques parce que c'est beau, nous chantons la mort aussi parce qu'elle est très belle. Mais nous préférons chanter encore la paix ; nous préférerions chanter toujours aux genoux d'une noble dame qui vous ressemblerait, madame !...

GHISLAINE.

Moi je serais restée, toujours, dans ce grand château s'il y était resté aussi. Je n'avais que lui, messieurs, lui au monde. Aussi, je l'aimais. Je l'aimais comme un ami, comme un frère, comme une mère, parfois.

LE HARDY.

Mais il est un amour que vous ignorez encore; et celui-là est plus beau que tous les autres. Ce n'est ni l'amour filial, ni l'amour paternel, c'est l'Amour, simplement.

GHISLAINE.

Je ne le connaîtrai jamais, cet amour-là.

LE HARDY.

Pourquoi ? Croyez-vous qu'il n'est point des jeunes hommes qui souffrent à cause de vous ? Si vous le saviez !... Si vous vouliez faire descendre un peu vos yeux vers d'autres qui s'éplorent....

GHISLAINE.

Si vous m'aimez, ne pouvant rester à mes côtés, laissez-moi vous accompagner. Le Hardy, Le Fol, oui, l'entreprise est hardie, oui, l'entreprise est folle !... Oh ! je vous aimerai, si vous me prêtez aide et merci, je vous aimerai autant que je le pourrai.

LE HARDY.

Je vous aimerai et vous respecterai comme une

sœur. Depuis que je vous ai vue, je suis sous le charme. Oh ! madame, ne vous alarmez point de ces paroles trop vives ! Elles sont sincères, je vous le jure. Je saurai vous protéger comme un autre moi-même. Je m'appelle Le Hardy, madame, ayez confiance en mon nom ; il est celui d'un brave cœur. Et, si nous ne pouvons aller jusqu'au bout, je serai toujours là, pour vous défendre de tout mon corps, et mourir, s'il le faut, pour vous.

GHISLAINE.

Oui, oui, vous m'aimerez comme une sœur, oui, oui, Le Fol, Le Hardy. Mais prenez bien garde, allez, prenez bien garde ! Il est parfois très difficile d'aimer comme vous le dites... Prenez garde à l'inceste !...

ACTE DEUXIÈME

ACTE II

Le camp de Charles VII devant Troyes.

On voit, au loin, les murs de la ville.

A droite et à gauche, des tentes. A droite, celle de Jean de Noirmont.

Jean de Noirmont est assis, à gauche, près d'une table, à boire. Des chevaliers sont debout auprès de lui. A droite, une table aussi et des buveurs. Au milieu, deux truandes dansent ; une autre, assise à la turque, les accompagne avec un rebec. La scène est pleine de soldats.

SCÈNE I

JEAN DE NOIRMONT, MARGUERITE LA HUCHETTE, BERTRAND DE VARLES, JACQUES DE FRESNES, GEORGES LE HUTIN, DEUX RIBAUDES, SOLDATS

Au lever du rideau, Marguerite la Huchette danse avec deux autres ribaudes Après la danse, après les vivats des soldats, elle vient s'asseoir sur les genoux de Jean.

JEAN

Bien dansé, la fille ! Tiens, voici un joyau pour ta peine.

(Il enlève un collier de son cou et le donne à la fille).

LA HUCHETTE

Oh ! le joli bijou !

JEAN

Il m'a été donné par une fille que j'ai, très loin... au loin.

LA HUCHETTE

Elle est jeune, votre fille, seigneur ?

JEAN

Ton âge à peu près, et ta tournure, d'après ce que je peux m'en souvenir, depuis un an que je ne l'ai vue. On change si vite à cet âge... Ah ! c'est une cruelle destinée que celle du guerrier ! Il lui faut abandonner famille et maison pour défendre cette grande famille qu'est la patrie... Elle voulait venir avec moi, Ghislaine, ma fille, mais je n'ai pas voulu. Figurez-vous, messieurs, que nous chassions ensemble le sanglier. Elle était bonne écuyère, ma foi ! Un jour, mon cheval prit peur. Je fus désarçonné et traîné quelques pas. C'était peu grave. Mais je fus obligé de courir après le cheval de Ghislaine qui s'échappait sans frein, le corps de mon enfant sautant après la selle, les rênes libres, avec sa chevelure pendante et son visage de morte... Elle s'était évanouie en me voyant tomber.

BERTRAND

Les femmes !...

JEAN

Je n'ai plus voulu l'avoir avec moi, jamais, à la chasse. Encore moins à la guerre... Et puis, pourquoi s'inquiéter de toutes ces choses et de ces enfantillages ? Est-il plus douce joie que de pourfendre l'ennemi, et de baiser les filles ! En voici une jolie sur mes genoux. Demain nous livrons le combat. Je suis heureux !

(La Huchette se lève et s'éloigne).

JEAN

Et puis, il y a autre chose, encore. Certaine prédiction qu'une sorcière gueula, un soir, sous la lune, au milieu des hurlements des chiens : « Tu tueras ta femme et ta progéniture ! »... Ah ! j'aime mieux ne jamais revoir ma fille, jamais... Je voudrais que, demain, sous la forme d'un Anglais, la mort me fauchât ; car j'ai peur, maintenant, de ce crime, j'ai peur. J'ai peur de tuer mon enfant !

(Les danses recommencent).

SCÈNE II

LES MÊMES, UN SOLDAT

UN SOLDAT

Capitaine, il y a des soldats qui viennent d'arriver au camp.

JEAN

Ce ne sont pas des espions, je pense?

LE SOLDAT

Ils viennent de Grenoble.

JEAN

De Grenoble!... Ah! enfin, les Français se réveillent!... Ils viennent de Grenoble! Savez-vous que c'est très loin, cela, et qu'ils ont dû endurer en route bien des travers! Je veux voir ces braves, je veux les connaître. Dites-leur que je serai heureux de les voir.

(Le soldat sort).

SCÈNE III

LES MÊMES, MOINS LE SOLDAT

JEAN

Assez dansé, les filles, assez dansé! Il me tarde de voir ces braves gens.

(Les danses s'arrêtent. Il se produit un mouvement au ond).

CRIS DES SOLDATS

Les voici ! Les voici ! Noël ! Noël !...

(Ghislaine et ses compagnons entrent. Ghislaine est vêtue en écuyer mais n'a point d'armes).

SCÈNE IV

LES MÊMES, GHISLAINE ET SES COMPAGNONS

GHISLAINE, se dissimulant dans la foule.

Oh ! mon Dieu ! c'est lui ! Comme il est pâle ! Comme il a changé !

JEAN

Bonjour, messieurs, bonjour. Ah ! comme je suis fier de vous voir ! Ainsi, vous venez de Grenoble ?

DAMON

Oui, messire.

JEAN

Et vous êtes venus jusqu'ici sans encombre ?

DAMON

La foi qui nous mène a guidé notre route. Notre

amour pour le roi Charles et pour le beau pays de France a grandi notre vaillance.

JEAN

Tudieu ! voici qui est bien parlé, et je vous aime pour tout cela ! Oui, nous allons combattre, dès demain, ensemble. Oui, nous allons combattre pour une vaillante cause, sous l'égide de la vierge de Domrémy, Jeanne la Pucelle, aussi sacrée, maintenant, que la patrie. Venez, mes amis, venez ! Dites-moi, par où êtes-vous venus ? Êtes-vous passés par l'Auvergne ?

CYRANO

Oui, messire.

JEAN

Et par le château de Noirmont ?

DAMON

Oui.

JEAN

On vous y accueillit ?

LE HARDY

On nous y accueillit. L'hôtesse nous versa elle-même à boire et nous fit manger à notre faim. Elle nous demanda si nous venions de la guerre. Nous lui répondîmes que nous y allions.

JEAN

Et ma fille, car c'est ma fille, la châtelaine de Noirmont, puisque je suis le comte de Noirmont, comment était-elle, se portait-elle bien, s'ennuie-t-elle pas, toute seule, dans ce grand château ?...

LE HARDY

La comtesse pleure tout le jour.

JEAN

Elle pleure ! Ah ! je voudrais la voir, la consoler !... Mais non, mais non, car c'est moi qui pleurerais si... Vous qui venez de loin, dites-moi, doit-on croire les dires des vieilles qui longent la route; doit-on croire les prédictions des vieilles sorcières qui passent et que l'on a fait poursuivre par ses chiens ; des vieilles sorcières qui viennent hurler sous vos fenêtres des choses terribles ?

LE FOL

On doit toujours croire les dires des vieilles qui longent la route ! On doit toujours croire les prédictions des vieilles sorcières !

JEAN

Taisez-vous, vous êtes des imbéciles ! Vous feriez mieux de chanter que de dire des choses pareilles...

LE FOL, portant la main à son épée.

Seigneur, vous me rendrez raison !

BERTRAND, s'interposant.

Messieurs, n'allez point vous battre ! Vous n'en avez plus le droit, maintenant !

TOUS

Non ! Non ! Arrêtez !

JEAN

C'est bon ! C'est bon ! Laissons cela !... Mais, ma fille savait que vous deviez venir ici, ne vous a-t-elle rien dit pour moi ? Elle m'aimait, ma fille, elle a dû vous donner un message. Se peut-il qu'elle vous ait laissé partir sans rien !

LE HARDY

Elle ne nous a rien dit ! Mais elle a pris son luth et s'est mise à chanter si tristement que l'on se sentait pris de larmes. Elle s'est mise à chanter longuement, longuement, des choses incompréhensibles, mais si tristes que l'on pleurait malgré soi. Et, quand elle eut fini, elle dit : « Allez, maintenant, allez, et si loin que vous soyez, je serai avec vous. Il ne doit point me revoir, il ne doit jamais me revoir, car le Dieu qui nous a séparés, nous a séparés pour toujours.

Mais, si vous le voyez, si vous vous trouvez en sa présence, si vous avez retenu ceci et si vous chantez, il croira m'entendre, mais il ne me verra point ! »

(Après que Le Fol a préludé, Ghislaine, cachée derrière ses compagnons, récite) :

GHISLAINE

Quand reviendras-tu
Des pays lointains
A mon âme,
O mon bien aimé ?
Quand reviendras-tu ?
Je suis solitaire
Et je pleure seule,
O mon bien aimé !
Quand reviendras-tu ?...

Ne reviens jamais !
Ah ! pour Dieu, mon âme !
Oh ! ne reviens point !
Il est trop cruel
Le supplice qui veut
Que j'aime d'amour
Celui qu'il faudrait
Aimer de respect !...
Ne reviens jamais !...

JEAN

Assez! Assez! Taisez-vous, mécréants, voleurs, sorciers ! Qui êtes-vous ? Que voulez-vous ? Vous venez me parler de ma fille, ici, dans ce camp !

Vous venez me donner des nouvelles de ma fille que je ne reverrai jamais ! Non jamais, car je ne veux pas la revoir !... Vous chantez, et, quand vous chantez, il me semble que c'est sa voix que j'entends. Par quel sortilège ?... Que veut dire ceci ?... Ah ! fuyez, cela vaudra mieux ! Votre vie ne serait pas sûre ici !

BERTRAND, bas, aux messagers.

Allez ! Allez vous reposer, mes amis ! Notre capitaine a l'âme troublée depuis hier. Ne faites pas attention à son langage. Tout à l'heure il reviendra sur ses paroles, sans doute.

LES SOLDATS

Oui ! oui ! Allez ! .

(Ghislaine et ses compagnons sortent au milieu d'un grand tumulte).

SCÈNE V

LES MÊMES, MOINS GHISLAINE, LE HARDY, LE FOL, ETC.

JEAN, à part

Cette voix ! Ces paroles ! Pourquoi ont-elles

mis une telle détresse dans mon âme ?... Ah ! mon Dieu, pour avoir chassé un jour une vieille femme à coups de pierres et à crocs de chiens, une si vieille femme qui ne valait plus rien, qui n'avait jamais rien valu, qui était certainement une hérétique, mon Dieu, devez-vous me supplicier ainsi ! Oh ! cette voix ! oh ! ces paroles ! Et d'autres voix... La voix de jadis, sous la lune !...

(On entend une trompette au loin sonner le couvre-feu. La nuit vient. La scène se vide peu à peu).

Encore une nuit, et demain le combat !... La mort, l'arme au poing, en vaillant, en soldat !... Ah ! trêve de sorcellerie !...

(La Huchette traverse la scène).

(Haut). Tiens, Marguerite la Huchette ! Es-tu sorcière, toi ?

MARGUERITE, s'arrêtant.

Oh ! que non, seigneur Dieu !

JEAN

Si, tu l'es ! Tu l'es de par la grâce de ton front et de tes yeux, de par le sourire de ta bouche ! Ensorcelle-moi ! Damne-moi ! Vois-tu, je veux avant demain vivre tout un soir... Et puis, non, non ! Tiens, voici un bel écu ! Danse pour moi, danse, car je veux rester chaste jusqu'à demain. Je ne veux plus de baiser que celui de notre fiancée blanche, de notre grande fiancée morne qui nous attend, là-bas, au coin de la route avec un sourire de toutes ses dents. Ah ! ah ! mes compagnons, je vous invite à boire sous ma tente! Nous allons veiller gaiement ensemble, n'est-ce pas, Georges le Hutin', Bertrand de Varles, Jacques de Fresne !... Allons, Marguerite la Huchette.

(Il prend la ribaude par la taille et l'entraîne).

MARGUEBITE

Vous êtes singulier, mon seigneur, mais je vous aime tout de même.

JEAN

Tu es une bonne et simple fille, toi !

(Ils entrent dans la tente de Jean avec Bertrand, Jacques de Fresne, Georges Le Hutin).

SCÈNE VI

GHISLAINE, SEULE

Ghislaine est entrée à la fin de la scène précédente, lentement, les yeux fixés sur Jean, du côté opposé où celui-ci est sorti. Tous les soldats ont quitté la scène.

GHISLAINE, à part.

Tu es une bonne et simple fille, toi!... Ah! pourquoi ne suis-je point cette fille-là !... Elle, elle peut l'approcher, le caresser. Moi, je suis obligée de me tenir au loin... Il nous a chassés!... Comment ferai-je pour me rapprocher de lui, maintenant? Une prédiction imbécile lui trouble la pensée... Devrai-je me tenir au loin comme un chien errant ! Que ne puis-je aussi, comme un chien, le suivre, le suivre partout!... Oh! je ne lui demande qu'une caresse de temps à autre et qu'il me souffre près de lui !...

(Elle s'approche de la tente de Jean).

Ils sont là, ils festoient, ils rient, ils chantent, ils narguent ma détresse, et je ne peux même pas les voir... Ah ! si j'étais homme, si j'étais vraiment homme !... Pourquoi ne me suis-je point montrée, tout à l'heure ? Pourquoi n'ai-je point osé me montrer ? J'ai honte, maintenant, de ce que j'ai fait. J'ai honte de mon amour. S'il savait comme je l'aime, il me mépriserait, certes. Il vaut mieux qu'il l'ignore, qu'il l'ignore toujours Et, pourtant, je n'en aimerai jamais d'autre que lui ! Il est là ! Il est là ! O mon cœur, pourquoi bats-tu de la sorte ?... J'ai tant pleuré pour le revoir, et, je suis lasse. Je voudrais me sauver, m'enfuir au loin, loin, très loin. Que ne puis-je mourir ! Que ne puis-je dormir, dormir toujours! Oh ! je souffre ! Suis-je donc si coupable ? J'ai peur de Dieu, maintenant, j'ai peur des hommes, j'ai peur de tout, j'ai peur de moi-même. Il me semble que si je reste ici il arrivera des choses terribles. Ah ! ah ! Dieu pourrait me maudire !... Que m'importe, après tout !... Oui, retourner sur mon chemin !... Il est trop tard... Je suis prise. Je suis prise. Il me faut avancer encore. Tant pis ! Ah ! tant pis, le sort en est jeté !...

(Bertrand sort de tente).

SCÈNE VII

GHISLAINE, BERTRAND

BERTRAND

Que-faites vous ici, l'ami ? Le couvre-feu est sonné. Il ne faut point rôder dans le camp de la sorte. Est-ce vous qui chantiez ainsi tout à l'heure? Il ne faut point de chantres ici; on dit qu'ils portent malheur.

GHISLAINE

Je ne peux pas porter malheur, ici. Je ne peux que porter la joie.

BERTRAND

Oui, tu es jeune et beau, mon garçon. Oui, tu ne peux que porter la joie. Cependant...

GHISLAINE

Toi aussi, tu es jeune et beau. Dis-moi, comment t'appelles-tu ?

BERTRAND

On m'appelle Bertrand de Varles.

GHISLAINE

Et tu es écuyer ?

BERTRAND

Oui, je suis l'écuyer du comte de Noirmont.

GHISLAINE

Du comte de Noirmont... Alors, tu le vois tous les jours, tu le suis tous les jours, partout ?

BERTRAND

Bien oui, puisque je suis son écuyer !

GHISLAINE

Et tu veilles sur lui ?

BERTRAND

Comme sur la prunelle de mes yeux.

GHISALINE

L'aimes-tu ?

BERTRAND

Je l'aime... et je le respecte...

GHISLAINE

Comme tu as raison ! Comme je voudrais être à ta place et me dévouer ainsi à un noble capitaine ! Et voici sa tente ?...

BERTRAND

Oui.

GHISLAINE

Où il dort ?

BERTRAND

Où il veille.

GHISLAINE

Et toi, où dors-tu ?

BERTRAND

Là aussi, sur le seuil.

GHISLAINE

Sur le seuil, comme un chien...

BERTRAND

Dis donc, l'ami, je vais te passer mon épée au travers du corps !

GHISLAINE

Oh ! non, tu t'en repentirais trop ! Vois-tu, tu es heureux de dormir ainsi en travers la porte du comte de Noirmont, tu es très heureux.

BERTRAND

Oui, quand il ne fait pas trop froid.

GHISLAINE

N'aurais-tu pas besoin d'un écuyer à ton tour, d'un page ? Je te servirais, je te serais très dévoué, je te raconterais des histoires qui font rire, je te chanterais des chansons qui font rire. Tu verras, je suis un gai compagnon. Et je te suivrais partout, comme tu suis ton capitaine.

BERTRAND

Non, non, je n'ai pas besoin de page. Je t'aimerais, bien sûr, mais, vois-tu, il faut t'en aller.

GHISLAINE

M'en aller !

BERTRAND

C'est l'ordre de notre capitaine. Il ne veut point d'hommes, près de sa tente, en dehors de ses écuyers.

GHISLAINE

Des hommes, il ne veut point d'hommes. Mais des femmes ?

BERTRAND

Tu es gaillard, mon garçon. On voit que tu n'es point soldat. Des femmes, ici ! Il y a la Huchette et deux autres ribaudes, et, encore... elles sont pour lui, et, nous... Et puis, on n'y pense point, vois-tu. Oh ! pas du tout ! La vie des camps est dure. Et l'on n'a point trop de force pour combattre.

GHISLAINE

Pourtant, s'il en était une, ici, que tu ignores, une fille qui serait jeune, qui serait jolie, qui serait belle !

BERTRAND

Je la reconduirais jusqu'aux portes... Ah ! puis, tu es bête, l'ami ! Quelle est la femme qui se risquerait ici ?

GHISLAINE

Moi !

BERTRAND, riant.

Toi ! Ah ! ah !

(Ghislaine ouvre sa veste).

GHISLAINE

Tiens ! regarde ! Vis-tu jamais pareil tétin sur une poitrine mâle ?

BERTRAND

Quoi !

GHISLAINE

Je suis femme, te dis-je, femme ! Et j'aime ! Je suis amoureuse, si tu savais combien, de ton capitaine, de ton Jean de Noirmont, ce hardi capitaine qui festoie là avec des ribaudes. Si tu savais combien je l'aime !

BERTRAND

Quoi ! tu me dis cela ! Tu es une femme, et tu aimes !... Pourquoi me dis-tu cela ? Tu ne sais donc pas que, si je voulais, je te prendrais ; et tu pourrais t'en repentir, car je ne partagerais point avec un autre, moi !

GHISLAINE

Il n'y aurait point de partage. Jean ne m'aime pas. Je ne fus jamais sa maîtresse et ne veux pas l'être. Ce que je voudrais serait le suivre jusqu'à demain au combat, jusqu'à la bataille, jusqu'à la mort.

BERTRAND

Tu l'aimes!...

GHISLAINE

Oui!... Mais, toi aussi, je t'aimerai. Je t'aimerai beaucoup, si tu veux. Si je ne puis être sa maîtresse, je serai la tienne. Laisse-moi l'approcher. Laisse-moi l'approcher. Laisse-moi dormir sous sa tente comme son écuyer, à côté de toi; et demain, demain!...

BERTRAND

Jamais!

GHISLAINE

Demain, je te le dis, dès l'aurore... je t'aimerai.

BERTRAND

Démon!

GHISLAINE

Est-ce dit?

BERTRAND

Quel mystère! Ne peux-tu reprendre les vêtements de ton sexe! Peut-être t'aimera-t-il ainsi, ton seigneur. Tu dois être si séduisante en robe d'orfroi, en corselet de velours. Pourquoi ne pas reprendre des vêtements de femme ? Tu es belle, vois-tu, tu es très belle. S'il te voit, il t'aimera trop, et je souffrirai. Non, je ne veux pas ! Pourquoi es-tu si belle ? Pourquoi es-tu une femme ?

GHISLAINE

Je ne veux pas qu'il me voie, lui. Je veux le voir seulement, sans qu'il me reconnaisse. Et, puisqu'il faut tout te dire, Jean m'a aimée jadis, mais il ne m'aime plus ! C'est pour cela que je veux le voir de loin, le contempler de loin. Il ne m'aime plus, te dis-je. Il ne veut plus me voir. Je me ferai toute petite. Je ne tiendrai pas de place. Il me prendra pour un écuyer. Il ne fera même pas attention à moi. Laisse-moi l'approcher. Je t'en prie. Que t'importe que je l'aime ! Qu'est-ce que cela peut te faire, voyons, puisque demain c'est toi que j'aimerai !

BERTRAND

Est-ce bien vrai, ce que tu me dis là ?

GHISLAINE

Je te le jure.

BERTRAND

Viens ça, alors ! Il faut quitter ces vêtements-là. Il ne faut pas que l'on te voie vêtue ainsi. Tu vas revêtir un surcot semblable au mien. Viens !

Depuis que je t'ai vue, je tremble. Il y a autour de toi tant de mystère et de charme ! Si tu savais comme tu me rends heureux et malheureux! Tes compagnons sont couchés. On n'entend plus un bruit, plus rien. Il n'y a plus un homme éveillé. Tous dorment d'un profond sommeil...

(Au moment où ils vont sortir, Le Hardy se précipite, les vêtements en désordre, sans armes).

SCÈNE VIII

LES MÊMES, GODEFROY LE HARDY

LE HARDY

Tous, sauf un !

GHISLAINE

Le Hardy !

LE HARDY, à Bertrand.

Chevalier, les paroles que cette femme t'a dites et que j'ai entendues, elle me les a dites à moi aussi, tout à l'heure.

BERTRAND

Que m'importe !

LE HARDY

C'est moi qu'elle aime, entends-tu ?

BERTRAND

Tout à l'heure, peut-être, maintenant c'est moi.

LE HARDY

Il faut que tu sois joliment lâche, pour te prêter aux combinaisons de cette goule.

BERTRAND

Truand !

LE HARDY

Alors tu vas la livrer au capitaine de Noirmont ! Et tu seras heureux du présent de son corps, le lendemain !

BERTRAND

Le capitaine de Noirmont ne sera pas son amant, ne sera jamais son amant.

LE HARDY

Qu'en sais-tu ?

BERTRAND

Il l'a été, peut-être, mais il ne le sera plus !

LE HARDY

Il ne l'a jamais été et le sera peut-être !

BERTRAND

Pas moi vivant.

GHISLAINE

Taisez-vous ! Taisez-vous !

LE HARDY

Tais-toi, goule ! Écoute donc ici, chevalier. Tu ne sais pas ce que c'est que cette fille-là ?... C'est une putain !

BERTRAND

Elle me l'a dit.

LE HARDY

Et sais-tu ce que c'est que le comte de Noirmont ?

BERTRAND

C'est un noble et vaillant capitaine !

LE HARDY

C'est le père de cette putain.

BERTRAND

Tudieu !

LE HARDY

Et c'est cela que tu allais faire, livrer cette vierge — car elle est vierge, cette fille ; je l'ai laissée vierge tellement je l'aimais — tu allais livrer cette vierge à son père !

GHISLAINE

Ça n'est pas vrai !

BERTRAND

Arrière !

GHISLAINE

Ça n'est pas vrai ! Je ne suis pas vierge ! Je n'ai jamais été vierge ! Je suis une putain ! Je suis une putain ! Je suis une putain ! Jean de Noirmont est mon amant; et toi, Bertrand, tu le seras demain !

LE HARDY

Menteuse !

BERTRAND, à Le Hardy.

Tais-toi ! Imposteur infâme !

(Le Hardy veut arracher Ghislaine des bras de Bertrand).

LE HARDY

Ah ! je ne laisserai point cette chose s'accomplir !

BERTRAND

De quoi te mêles-tu ?

(Il sort son épée).

LE HARDY

Ah ! traître !

BERTRAND

Traître toi-même !

GHISLAINE

Oh ! cette épée ! Se peut-il qu'un crime s'accomplisse à cause de moi ?

BERTRAND

En garde !

LE HARDY

Je n'ai point d'armes.

GHISLAINE

Oh ! cette épée !

(Elle arrache l'épée des mains de Bertrand).

LE HARDY

Ou plutôt, si, j'en ai ! Regarde ces poings ! Regarde ces bras ! Ah ! les vrais braves n'ont point besoin d'épée ! Pose ton casque et ta cuirasse, soldat, les vrais hommes n'ont pas besoin d'armes !

BERTRAND

Tu ne me défieras pas impunément, truand. Je vais me battre avec tes armes, à toi qui sont des armes de serf !

(Il dépouille son armure).

Tiens ! tiens ! à nous deux, maintenant !

(Ils se battent).

GHISLAINE

C'est horrible, cela ! C'est horrible ! Est-il vrai que je dois porter la détresse avec moi !...

Messieurs !... Messieurs !... Est-il vrai que je sois une cause de malheur !

(Bertrand accule Le Hardy contre une table et l'étrangle).

LE HARDY

Assassin !

GHISLAINE

Ah ! mon Dieu !... Messieurs !... Messieurs ! Par grâce, taisez-vous !... Arrêtez !... Je vous jure que je ne vous aime pas, que je ne vous aime ni l'un ni l'autre ; que je n'aime personne, personne que moi-même !...

(Bertrand laisse tomber le corps de Le Hardy, inerte, sur le sol).

BERTRAND

Là !

GHISLAINE

Oh ! je suis maudite !...

ACTE TROISIÈME

ACTE III

La tente de Jean de Noirmont. A droite, en pan coupé, le lit, entouré de rideaux qui peuvent le masquer complètement. Un long rosaire est pendu à la tête du lit. A gauche, en pan coupé aussi, l'entrée de la tente, fermée par deux tapisseries à personnages. Quand celles-ci s'entr'ouvrent, on aperçoit le campement sous la lumière de la lune. A gauche, au premier plan, une table et des sièges. Sur l'un d'eux est posée l'épée de Jean dans son fourreau. La scène est presque obscure, une petite lampe placée sur la table, seule, l'éclaire.

SCÈNE I

JEAN, JACQUES DE FRESNES,
GEORGES LE HUTIN

Au lever du rideau, Jean et ses compagnons, attablés, se lèvent. Jean va les reconduire jusqu'à la porte.

JEAN

Bonsoir, messieurs, bonsoir! Il est temps de se coucher à cette heure. Il est grandement temps. Demain, dès la naissance du jour, soyez tous prêts. Dormez bien, messieurs, dormez! Ayez de doux rêves, ce seront peut-être les derniers. Allez !

(Ils sortent).

SCÈNE II

JEAN

Allez !... Moi je ne dormirai pas. Comment pourrais-je dormir ? Je suis environné de ténèbres. J'en ai jusque dans mon âme.

(Il va entr'ouvrir la tapisserie à gauche, et reste songeur, dans un rayon de lune).

Ah ! la nuit est pourtant claire, ce soir... Je vois là-haut, Phœbé, la blonde, comme l'appellent les poètes, avec sa face de morte... Oh ! à qui ressemble-t-elle donc ?... Elle ressemble... à Ghislaine, oui, c'est cela, elle ressemble à ma fille, elle est pâle et blanche comme elle... Ma fille !... Comme je pense à elle ce soir ! Je pense beaucoup à elle. Je la vois partout ! Je la devine partout. Aurais-je jamais cru que cette enfant prendrait tant de place dans ma vie, quand, toute petite, je la faisais sauter sur mes genoux en lui contant des histoires de batailles !... Comme tout cela est loin !...

(Il laisse retomber la tapisserie et vient s'asseoir à gauche).

Ce soir des hommes sont venus et m'ont parlé d'elle Ils ont chanté avec une voix lointaine. C'est ainsi qu'elle doit chanter sans doute, dans ce grand château triste. Comme nous sommes devenus pauvres et veules, nous autres, les hommes ! Les femmes nous dominent, nous empoignent, nous soulèvent. Connaîtra-t-on jamais le cœur d'une femme ? Quand ce ne sont point les démons qui la guident, ce sont les anges...

(Un silence, puis) :

Elle est venue, elle est venue un jour, toute blanche dans son armure, et, quand elle est venue, j'ai cru voir un archange... Jeanne ! Ce nom !... Est-ce une sainte ?... Est-ce une femme ?... Quand je l'ai vue, je me suis senti tressaillir. Sa bannière, je l'aurais suivie partout ; ses cheveux bruns !... Demain, au combat, je veux penser à elle, à elle seule ; ainsi je mourrai, peut-être, en état de grâce, puisque c'est une sainte... Il faut prier !

(Il se lève et se dirige vers son lit).

On ne parle partout que de sorciers, d'alchimistes, de maléfices et de démons... Où est mon rosaire ?..

(Il prend son rosaire et l'égrène).

Oh ! mon Dieu ! délivrez-nous du mal, délivrez-nous !...

(Il tourne le dos à l'entrée. Bertrand entre lentement, suivi de Ghislaine, qui, vêtue en écuyer, se dissimule dans l'ombre).

SCÈNE III

JEAN, BERTRAND, GHISLAINE

JEAN, sans les voir.

Ghislaine ! Ghislaine ! Ah ! c'est elle qui vient ! Je la devine dans l'ombre qui m'épie !...

(Il se retourne brusquement).

Oh ! qui est là ? Qui va là ? Est-ce toi, Bertrand ? Que me veux-tu ?

BERTRAND

Seigneur, je venais voir si vous ne manquiez de rien.

JEAN

De rien, non, de rien ! Tu vois, je disais mon rosaire. Quand on est avec Dieu, on ne manque de rien... Dis-moi, Bertrand, tu l'as vu, notre chef, Jeanne... Elle est très belle.

BERTRAND

Oui, elle est belle comme une sainte.

JEAN

Elle est trop belle. Elle est singulière et double. Elle est la mort et elle est la vie. L'amour et la mort. La femme et la vierge... Crois-tu qu'elle meure aussi un jour ?

BERTRAND

Elle ne mourra jamais.

JEAN, apercevant Ghislaine.

Mais, Bertrand...

BERTRAND

Quoi, messire?

JEAN

...Il y a quelqu'un là, là, dans l'ombre. Qui est-ce? Est-ce une hallucination? Tu ne vois pas? Il y a une forme immobile!... Oh!...

BERTRAND

C'est mon compagnon, capitaine!

JEAN

Pourquoi ne parle-t-il pas? Pourquoi ne bouge-t-il pas? Ses yeux brûlent dans l'ombre. On ne voit pas son visage. Tu ne vois point, autour de lui, cette lueur bleue?... C'est le diable!...

BERTRAND

Non, non, calmez-vous, monseigneur! Je vais lui dire de partir.

JEAN

Oui, dis-lui de partir. Pourquoi me regarde-t-il ainsi ?

BERTRAND, parlant à Ghislaine, à voix basse.

Va-t'en ! Va-t'en !

JEAN

Oui, qu'il s'en aille !

BERTRAND

Va !

(Ghislaine sort lentement).

SCÈNE IV

JEAN, BERTRAND

JEAN

Oh ! je respire ! Est-il vraiment parti ? Je sens encore sur moi tout le trouble de son regard. Pourquoi me regardait-il ainsi ? Ces yeux !... Mais, c'est effrayant, ces yeux-là !

BERTRAND

Monseigneur, c'est un tout jeune homme. Il est timide.

JEAN, se déshabillant.

Ah !... Aide-moi à me dévêtir !... Vois-tu,

depuis deux jours, un rien m'effare. Je sens, partout, la présence de quelqu'un, de quelque chose... d'inconnu, de terrible!... Ah ! Bertrand, tu n'as pas d'enfant, toi, tu n'as pas de femme, tu peux mourir tranquille, tu ne laisses rien derrière toi!... Non, tiens, va-t'en aussi! Je veux rester seul, tout seul!... Écoute, si je meurs, tu iras trouver ma fille, en Auvergne, et tu lui diras que je suis mort en pensant à elle. Mais tu ne lui diras pas, non, tu ne lui diras pas cela, que je vais te dire à toi : J'ai peur que la sorcellerie ne s'en soit mêlée. Tu sais, cette vieille qui vint, un soir, hurler à la mort sous mes fenêtres? J'ai bien peur qu'elle ne nous ait jeté un sort... Tout à l'heure, dans le camp, il m'a semblé entendre la voix de Ghislaine, oui, sa voix...

BERTRAND

Cela ne se peut pas, seigneur!

JEAN

Pourtant c'est ainsi!... Elle est très loin, sans doute, et je ne la reverrai jamais. Mais j'ai entendu sa voix qui pleurait.

BERTRAND

Seigneur!...

JEAN

C'est une illusion, évidemment, oui. Ça n'est pas vrai, le diable et les sorciers. Il n'y a que les saints et les anges qui soient.

BERTRAND

Seigneur... Quand avez-vous entendu cette voix?

JEAN

Tout à l'heure, te dis-je.

BERTRAND

Ce n'est pas possible.

JEAN

Si, si... C'est une illusion. Tu sais, des hommes sont venus qui m'ont donné des nouvelles. Ils ont récité un message.

BERTRAND

On aurait dit sa voix?

JEAN, se couchant.

Oui! Mais c'est une illusion. Aide-moi à me dévêtir. Éteins la lampe. Je vais dormir, peut-être. Tire les rideaux, Bertrand. C'est une illusoin. Je vais dormir très calme, très calme.

(Bertrand ferme les rideaux du lit et éteint la lumière).

BERTRAND, à part.

Sa fille! C'était donc vrai! Sa fille! C'est sa fille! C'était vrai! L'homme avait raison! Oh! la menteuse! Oh! la fourbe! L'homme avait raison! Et je l'ai tué!... J'ai commis un crime affreux! Je me suis fait le complice d'un crime plus abominable encore. Mon Dieu! comment tout cela finira-t-il? Je savais bien, d'abord, qu'elle était dangereuse et ténébreuse. Je n'aurais pas dû l'écouter. Je n'aurais pas dû l'aimer. Mais je l'aime, maintenant, je l'aime, plus que jamais. Je l'aime et je la hais. Il me semble que ce crime nous a joints, tout à fait, l'un, à l'autre. Je souffre!... Ah! elle est là! Elle attend! Que faire?... La chasser?... La tuer?... En faire ma maîtresse?... La rendre à son père?... Oui!... C'est là le devoir!

(Il ouvre la tapisserie d'entrée. Ghislaine est sur le seuil).

SCÈNE V

BERTRAND, GHISLAINE, JEAN, couché.

BERTRAND

Entre! Viens! Parle! Jette-toi aux genoux de cet homme! Dis-lui que tu es sa fille, que tu veux le voir. Il te pardonnera. Il te tendra les bras.

GHISLAINE

Il me chassera.

BERTRAND

Quimporte! Tu partiras.

GHISLAINE

Je ne veux pas partir!

(Les rideaux du lit s'entr'ouvent. On entend la voix de Jean).

JEAN

Bertrand! avec qui parles-tu? Pourquoi cette voix chante-t-elle encore à mon oreille? Il ne faut pas que je la revoie, ma Ghislaine, jamais!

GHISLAINE, bas à Bertrand.

Entends-tu?

BERTRAND, s'avançant vers Jean.

Monseigneur!

JEAN

Quand je ne serai plus, tu iras la voir, tu iras lui dire... Jamais comme ce soir je n'ai pensé au malheur prédit. Ce serait terrible, vois-tu, si je la tuais!

BERTRAND

Monseigneur...

JEAN

Il vaut mieux que je ne la revoie jamais. Quand je serai mort tu iras. Je te la donne. Tu lui diras...

GHISLAINE

Entends-tu ?

JEAN

Mais avec qui parles-tu ?

BERTRAND

Avec mon écuyer, seigneur.

JEAN

Ah ! cet homme aux yeux de braise ? Il te faut donc un écuyer, mon garçon ? Quand tu seras châtelain de Noirmont, tu en auras des écuyers, oui... Allez-vous-en, restez dehors. Vous m'empêchez de dormir.

(Il s'endort).

BERTRAND, à Ghislaine.

Sa fille ! Ah ! tu me fais horreur ! Sa fille ! Es-tu donc vraiment sa fille ? Est-il possible qu'une chose pareille soit ? Oh ! je ne sais ce qui me retient de t'étrangler, de t'écraser la tête sous mon talon comme une bête venimeuse !...

GHISLAINE

Bertrand !

BERTRAND

Va-t'en, va-t'en, il l'a dit! Il ne veut pas te voir! Va-t'en!

GHISLAINE

Bertrand! tais-toi, tais-toi! Ça n'est pas vrai, je ne suis pas sa fille! Mais non, mais non! Tu es fou! Tais-toi, il pourrait t'entendre!

BERTRAND

Et, si tu n'es pas sa fille, tu n'as que faire ici!

GHISLAINE

Si je reste ici, c'est que je t'aime! C'est que je t'aime! Oh! je t'aime, Bertrand! Je suis ta maîtresse!

BERTRAND

Oh! mon Dieu! Sortons d'ici! S'il entendait!... Ah! tiens, tu ne m'aimes pas! Non! Non! Je ne sais plus que croire maintenant... Viens, viens, ne restons pas ici!...

(Ils sortent).

SCÈNE VI

JEAN

La scène est tout à fait obscure. Seul, un rayon de lune s'infiltre par la portière.

JEAN, se levant sur son séant.

Ils sont partis ! Ah ! je ne pourrai pas dormir cette nuit ! Je sens, tout autour de moi, quelque chose qui m'oppresse, qui m'opprime... une présence !.. Mon cerveau se serre. Je ne sais plus où je suis, ni si je suis seul... Tiens, voici une dame qui entre !... Non, c'est un rayon de lune. Je croyais voir une robe blanche, une belle robe blanche qui traîne, toute fleurdelysée d'argent !... Quand on est solitaire, le mal vous envahit.

(Il sort du lit, prend son épée et la sort du fourreau).

Voyons, mon épée ! Comme elle sera bien, demain, à mon poing solide ! Je me vois, déjà, au-devant de mes troupes, au côté de la blanche pucelle... Au lieu d'une épée, elle a une bannière... Comme elle brille, mon épée, ma blanche épée, force aveugle, vertueuse ou criminelle selon le bras qui meut!... Viens, sur mon chevet, viens! Auprès de toi, je me sens tranquille, car tu es, toi, le symbole suprême, avec ta lame qui tue, et ta poignée en forme de croix!...

(Il place l'épée sur son lit et se recouche).

Pourquoi cet homme avait-il des yeux si brillants ? Comme il me regardait!... Ah ! quelle folie !

(Il s'endort à demi. Un long silence, puis, la portièr s'ouvre. On voit, au dehors, Bertrand couché et dormant, et toute la perspective du camp avec les forteresses au loin. Ghislaine enjambe le corps de Bertrand, entre, examine l'intérieur de la tente d'un coup d'œil, et se retourne en arrière, tenant la tapisserie haut levée).

SCÈNE VII

GHISLAINE, JEAN

GHISLAINE

Lune! ô lune! pâle miroir qui ne reflète que la tristesse, regarde, regarde ton œuvre! Car c'est certainement toi qui me troublas le jour de ma naissance ; c'est certainement ton âme de morte qui entra dans la mienne. Mon âme est trouble comme toi et claire comme toi. On s'y mire et on s'y noie. On y voit clair et on y trébuche comme dans les ténèbres...

Tu ris, là haut, d'un rire sournois !... Elle en a tant vu, la folle, et des joies, et des malheurs !... Lune, regarde ma détresse !.. Tu sais bien que, depuis de longs mois, tu n'éclaires, avec ta face pâle, que la tristesse. Tu sais bien que tu n'existes pas ; et que, bientôt, le soleil viendra t'anéantir...

(Elle se penche vers Bertrand).

Bertrand, je ne t'aime pas ! Oh ! comme il dort sous la lune ! Bertrand ! Bertrand, je pleure !...

JEAN, se soulevant un peu.

Il me semble qu'on a parlé encore. On a murmuré des phrases très douces, avec une voix tendre. Des voix, des mots, semblables aux...

(Ghislaine s'avance vers le lit de Jean, en longeant les parois, en parlant bas).

GHISLAINE

Jean !... Jean ! Je t'aime !... Mon bien-aimé ! Non, je ne suis pas ta fille, je suis un démon qui t'adore. Oui, je suis beau comme le mal et troublant comme lui. Jean, je t'aime !

JEAN, à part, se penchant.

Chut!... Je ne vois personne, personne!

GHISLAINE

Avec de doux mots et des phrases douces je veux bercer ton sommeil. Je veux, comme un ange gardien, bercer ton sommeil!

JEAN

Ah! mon Dieu!

GHISLAINE

Et sur tes lèvres, et sur ton front déposer des baisers lents, lents comme des caresses, comme l'effleurement d'une aile de colombe, comme l'effleurement d'une aile d'ange. La sueur de ton mâle visage, je veux la boire et m'en saoûler; les pleurs de tes yeux, je veux m'en abreuver; je voudrais boire tout ton sang, je voudrais boire ta vie!

JEAN

Seigneur!...

GHISLAINE

Il dort!

(Elle s'approche plus encore).

JEAN

Quel est ce sortilège? Est-ce une larve, un fantôme? Feignons le sommeil!

(Il s'étend sur le lit, les yeux clos; Ghislaine le regarde).

GHISLAINE

Qu'il est beau ! Il est plus beau que mes rêves. Il est plus pâle aussi. Et je ne vois point ses yeux. On dirait une statue funèbre. Je veux l'adorer comme une idole. Je lui ai élevé dans mon âme un autel de porphyre. Je l'ai encensé avec des parfums rares. Je lui ai chanté des cantiques troublants. Il est là, mon bien aimé, il est là ! Comme il est beau ! Tout mon être se tend vers lui. Je l'aime ! Je l'aime éperdument !... Jean !...

(Elle se penche sur lui et l'embrasse doucement. Brusquement, Jean se précipite hors du lit, l'épée à la main).

JEAN

Ah ! canaille ! Ah ! vil gibier de Sodome !... Viendras-tu apaiser ta luxure sur mon corps ! Qui es-tu ? Es-tu une larve ? Es-tu un démon ? Parle, Satan, parle ! Ah ! lâche ! Ah ! lâche qui se traîne à mes genoux comme une fille ! Lève-toi ! Défends-toi !

GHISLAINE, à terre.

Grâce, Jean, Jean, mon...

JEAN

Tu blasphèmes, démon, en prononçant ce nom ! Le tien est Belzébuth, sans doute !.. Ah !

tu ne t'envoles pas en fumée ? Tu es vivant, tu es un homme, un homme abominable !

GHISLAINE

Je t'aimais trop !

JEAN, lui donnant un coup d'épée.

Tiens ! Ça t'apprendra à m'aimer de cette façon-là !

GHISLAINE

Jean !

JEAN

Bon ! il ne bouge plus, il est mort, bien mort ! (Il se penche et la tâte).

Oui !... Qu'est ceci ?... C'est étrange ! Son corps !... On dirait.... Bertrand, Bertrand, du secours, de la lumière ! Venez, venez, je l'ai tué, le démon qui rôdait, dans le camp, depuis deux jours ! Venez avec des lumières, venez !

(Bertrand entre avec des pages, porteurs de torches).

SCÈNE VIII

LES MÊMES, BERTRAND, SOLDATS

BERTRAND

Il l'a tuée !

JEAN

Je l'ai tué. Il ne s'est même pas défendu. Ah! ah! voyons son visage, à ce couard!

(On approche les torches).

Ah! Jésus!... C'est ma fille! C'est ma Ghislaine chérie! C'est mon enfant! Ah! elle n'est pas morte! Ce n'est pas possible. Oh! sa tête, sa tête adorable!... Je deviens fou!...

(Bertrand et Jean s'agenouillent de chaque côté du corps inerte sur le sol).

BERTRAND

Ghislaine!

JEAN

Ghislaine! Ghislaine! Réponds-moi, mon enfant! Parle! C'est ton père qui t'aime, parle-lui, oh! dis-lui... Reviens à toi, mon enfant! Pourquoi es-tu venue ici, pourquoi as-tu voulu donner raison à la vieille égyptienne?...

(Jean la soulève un peu. Ghislaine ouvre doucement les yeux).

BERTRAND

Mon Dieu! mon Dieu!

JEAN

Chut!... Elle parle.

GHISLAINE, d'une voix faible.

Ne reviens jamais!...
Oh! pour Dieu mon âme!

. . . .

Il est trop cruel
Le supplice qui veut
Que j'aime d'amour!

. . . .

(Elle meurt. Jean se relève).

JEAN

Oh! j'ai peur de comprendre!

BERTRAND, à genoux.

Seigneur, elle est morte, elle est vraiment morte!

JEAN

J'ai tué ma fille! J'ai tué mon enfant! Ah! que ne puis-je mourir aussi!...

(On entend un grand tumulte au dehors et des cris).

VOIX AU DEHORS

Aux armes! aux armes! Vive Jehanne! Noël! Noël!

(Un soldat entre).

LE SOLDAT

Seigneur, seigneur, le camp est levé! De partout on court aux armes! La grande bannière de

Jeanne est passée toute frémissante dans le vent du matin... Le soleil s'est levé tout rouge... Là-bas, la ville s'est tachée de sang !...

(Le tumulte redouble au dehors).

VOIX AU DEHORS

Aux armes ! Aux armes ! Jehanne ! Jehanne !...

JEAN

La mort !... La mort !...

FIN

SAINT-DENIS

IMPRIMERIE H. BOUILLANT

20, RUE DE PARIS

www.ingramcontent.com/pod-product-compliance
Ingram Content Group UK Ltd.
Pitfield, Milton Keynes, MK11 3LW, UK
UKHW020204200726
13856UKWH00003B/1188

9 782013 574501